Theodor Storm

Der kleine Häwelmann

Hinzelmeier

Hans Bär

Drei Märchen

Theodor Storm: Der kleine Häwelmann / Hinzelmeier / Hans Bär. Drei Märchen

Der kleine Häwelmann:
Erstdruck im »Volksbuch für das Jahr 1850 für Schleswig, Holstein und Lauenburg«. Hrsg. von Karl Leonhard Biernatzki, Altona 1850.
Hinzelmeier:
Erstdruck im »Volksbuch für das Jahr 1851 für Schleswig, Holstein und Lauenburg.« Hrsg. von Karl Leonhard Biernatzki, Altona 1850. Erschien unter dem Titel: »Stein und Rose. Ein Märchen«.
Hans Bär:
Erschien in »Schriften der Theodor-Storm-Gesellschaft 1«, Heide, Holst. (Boyens) 1952, S.9–14.

Neuausgabe mit einer Biographie des Autors
Herausgegeben von Karl-Maria Guth
Berlin 2016

Der Text dieser Ausgabe folgt:
Theodor Storm: Sämtliche Werke in vier Bänden. Herausgegeben von Peter Goldammer, Berlin und Weimar: Aufbau, 1967.

Die Paginierung obiger Ausgabe wird hier als Marginalie zeilengenau mitgeführt.

Umschlaggestaltung von Thomas Schultz-Overhage unter Verwendung des Bildes: Ivan Aivazovsky, Sturm im Mondlicht, 1841

Gesetzt aus der Minion Pro, 11.5 pt

Verlag: Henricus - Edition Deutsche Klassik GmbH
Mörchinger Str. 33, 14169 Berlin, info@henricus-verlag.de
Druck: Libri Plureos GmbH, Friedensallee 273, 22763 Hamburg

Die Ausgaben der Sammlung Hofenberg basieren auf zuverlässigen Textgrundlagen. Die Seitenkonkordanz zu anerkannten Studienausgaben machen Hofenbergtexte auch in wissenschaftlichem Zusammenhang zitierfähig.

ISBN 978-3-8430-1763-3

Bibliografische Information der Deutschen Nationalbibliothek

Die Deutsche Nationalbibliothek verzeichnet diese Publikation in der Deutschen Nationalbibliografie; detaillierte bibliografische Daten sind im Internet über www.dnb.de abrufbar.

Inhalt

Der kleine Häwelmann

Es war einmal ein kleiner Junge, der hieß Häwelmann. Des Nachts schlief er in einem Rollenbett und auch des nachmittags, wenn er müde war; wenn er aber nicht müde war, so mußte seine Mutter ihn darin in der Stube umherfahren, und davon konnte er nie genug bekommen.

Nun lag der kleine Häwelmann eines Nachts in seinem Rollenbett und konnte nicht einschlafen; die Mutter aber schlief schon lange neben ihm in ihrem großen Himmelbett. »Mutter«, rief der kleine Häwelmann, »ich will fahren!« Und die Mutter langte im Schlaf mit dem Arm aus dem Bett und rollte die kleine Bettstelle hin und her, und wenn ihr der Arm müde werden wollte, so rief der kleine Häwelmann: »Mehr, mehr!«, und dann ging das Rollen wieder von vorne an. Endlich aber schlief sie gänzlich ein; und soviel Häwelmann auch schreien mochte, sie hörte es nicht; es war rein vorbei. – – Da dauerte es nicht lange, so sah der Mond in die Fensterscheiben, der gute alte Mond, und was er da sah, war so possierlich, daß er sich erst mit seinem Pelzärmel über das Gesicht fuhr, um sich die Augen auszuwischen; so etwas hatte der alte Mond all sein Lebtage nicht gesehen. Da lag der kleine Häwelmann mit offenen Augen in seinem Rollenbett und hielt das eine Beinchen wie einen Mastbaum in die Höhe. Sein kleines Hemd hatte er ausgezogen und hing es wie ein Segel an seiner kleinen Zehe auf; dann nahm er ein Hemdzipfelchen in jede Hand und fing mit beiden Backen an zu blasen. Und allmählich, leise, leise, fing es an zu rollen, über den Fußboden, dann die Wand hinauf, dann kopfüber die Decke entlang und dann die andere Wand wieder hinunter. »Mehr, mehr!« schrie Häwelmann, als er wieder auf dem Boden war; und dann blies er wieder seine Backen auf, und dann ging es wieder kopfüber und kopfunter. Es war ein großes Glück für den kleinen Häwelmann, daß es gerade Nacht war und die Erde auf dem Kopf stand; sonst hätte er doch gar zu leicht den Hals brechen können.

Als er dreimal die Reise gemacht hatte, guckte der Mond ihm plötzlich ins Gesicht. »Junge«, sagte er, »hast du noch nicht genug?« – »Nein«, schrie Häwelmann, »mehr, mehr! Mach mir die Tür auf! Ich will durch die Stadt fahren; alle Menschen sollen mich fahren sehen.« – »Das kann ich nicht«, sagte der gute Mond; aber er ließ einen langen Strahl durch das Schlüsselloch fallen; und darauf fuhr der kleine Häwelmann zum Hause hinaus.

Auf der Straße war es ganz still und einsam. Die hohen Häuser standen im hellen Mondschein und glotzten mit ihren schwarzen Fenstern recht dumm in die Stadt hinaus; aber die Menschen waren nirgends zu sehen. Es rasselte recht, als der kleine Häwelmann in seinem Rollenbette über das Straßenpflaster fuhr; und der gute Mond ging immer neben ihm und leuchtete. So fuhren sie Straßen aus, Straßen ein; aber die Menschen waren nirgends zu sehen. Als sie bei der Kirche vorbeikamen, da krähte auf einmal der große goldene Hahn auf dem Glockenturm. Sie hielten still. »Was machst du da?« rief der kleine Häwelmann hinauf. – »Ich krähe zum erstenmal!« rief der goldene Hahn herunter. – »Wo sind denn die Menschen?« rief der kleine Häwelmann hinauf. – »Die schlafen«, rief der goldene Hahn herunter, »wenn ich zum drittenmal krähe, dann wacht der erste Mensch auf.« – »Das dauert mir zu lange«, sagte Häwelmann, »ich will in den Wald fahren, alle Tiere sollen mich fahren sehen!« – »Junge«, sagte der gute alte Mond, »hast du noch nicht genug?« – »Nein«, schrie Häwelmann, »mehr, mehr! Leuchte, alter Mond, leuchte!« Und damit blies er die Backen auf, und der gute alte Mond leuchtete, und so fuhren sie zum Stadttor hinaus und übers Feld und in den dunkeln Wald hinein. Der gute Mond hatte große Mühe, zwischen den vielen Bäumen durchzukommen; mitunter war er ein ganzes Stück zurück, aber er holte den kleinen Häwelmann doch immer wieder ein.

Im Walde war es still und einsam; die Tiere waren nicht zu sehen; weder die Hirsche noch die Hasen, auch nicht die kleinen Mäuse. So fuhren sie immer weiter, durch Tannen- und Buchenwälder, bergauf und bergab. Der gute Mond ging nebenher und leuchtete in alle Büsche; aber die Tiere waren nicht zu sehen; nur eine kleine Katze saß oben in einem Eichbaum und funkelte mit den Augen. Da hielten sie still. »Das ist der kleine Hinze!« sagte Häwelmann, »ich kenne ihn wohl; er will die Sterne nachmachen.« Und als sie weiterfuhren, sprang die kleine Katze mit von Baum zu Baum. »Was machst du da?« rief der kleine Häwelmann hinauf. – »Ich illuminiere!« rief die kleine Katze herunter. – »Wo sind denn die andern Tiere?« rief der kleine Häwelmann hinauf. – »Die schlafen«, rief die kleine Katze herunter und sprang wieder einen Baum weiter; »horch nur, wie sie schnarchen!« – »Junge«, sagte der gute alte Mond, »hast du noch nicht genug?« – »Nein«, schrie Häwelmann, »mehr, mehr! Leuchte, alter Mond, leuchte!« Und dann blies er die Backen auf, und der gute alte Mond leuchtete; und so fuhren sie zum Walde hinaus und dann über die Heide bis ans Ende der Welt, und dann gerade in den Himmel hinein.

Hier war es lustig; alle Sterne waren wach und hatten die Augen auf und funkelten, daß der ganze Himmel blitzte. »Platz da!« schrie Häwelmann und fuhr in den hellen Haufen hinein, daß die Sterne links und rechts vor Angst vom Himmel fielen. – »Junge«, sagte der gute alte Mond, »hast du noch nicht genug?« – »Nein!« schrie der kleine Häwehnann, »mehr, mehr!« Und – hast du nicht gesehen! fuhr er dem alten guten Mond quer über die Nase, daß er ganz dunkelbraun im Gesicht wurde. »Pfui!« sagte der Mond und nieste dreimal, »Alles mit Maßen!« Und damit putzte er seine Laterne aus, und alle Sterne machten die Augen zu. Da wurde es im ganzen Himmel auf einmal so dunkel, daß man es ordentlich mit Händen greifen konnte. »Leuchte, alter Mond, leuchte!« schrie Häwelmann, aber der Mond war nirgends zu sehen und auch die Sterne nicht;

sie waren schon alle zu Bett gegangen. Da fürchtete der kleine Häwelmann sich sehr, weil er so allein im Himmel war. Er nahm seine Hemdzipfelchen in die Hände und blies die Backen auf; aber er wußte weder aus noch ein, er fuhr kreuz und quer, hin und her, und niemand sah ihn fahren, weder die Menschen noch die Tiere, noch auch die lieben Sterne.

Da guckte endlich unten, ganz unten am Himmelsrande ein rotes rundes Gesicht zu ihm herauf, und der kleine Häwelmann meinte, der Mond sei wieder aufgegangen. »Leuchte, alter Mond, leuchte!« rief er. Und dann blies er wieder die Backen auf und fuhr quer durch den ganzen Himmel und gerade drauflos. Es war aber die Sonne, die gerade aus dem Meere heraufkam. »Junge«, rief sie und sah ihm mit ihren glühenden Augen ins Gesicht, »was machst du hier in meinem Himmel?« Und – eins, zwei, drei! nahm sie den kleinen Häwelmann und warf ihn mitten in das große Wasser. Da konnte er schwimmen lernen.

Und dann?

Ja und dann? Weißt du nicht mehr? Wenn ich und du nicht gekommen wären und den kleinen Häwelmann in unser Boot genommen hätten, so hätte er doch leicht ertrinken können!

Hinzelmeier

Eine nachdenkliche Geschichte

1. Die weiße Wand

In einem alten weitläufigen Hause wohnten Herr Hinzelmeier und die schöne Frau Abel; sie waren nun schon ins zwölfte Jahr verheiratet, ja die Leute in der Stadt zählten ihnen nach, daß sie zusammen schon fast an die achtzig Jahre auf dem Nacken hätten, und noch immer waren sie jung und schön und hatten weder ein Fältchen vor der Stirn, noch ein Hahnepfötchen unter den Augen. Daß dies nicht mit rechten Dingen zugehe, war nun freilich klar genug, und wenn die Hinzelmeierschen aufs Tapet kamen, so tranken die Stadtskaffeetanten drei Näpfchen mehr als am ersten Ostersonntagnachmittage. Die eine sagte: »Sie haben einen Jungbrunnen im Hofe!« Die andere sagte: »Es ist eine Jungfernmühle!« Die dritte sagte: »Ihr Bube, das Hinzelmeierlein, ist mit einer Glückshaube auf die Welt gekommen, und nun tragen die Alten sie wechselsweise, Nacht um Nacht!« Das kleine Hinzelmeierlein dachte nun freilich nicht dergleichen; es kam ihm im Gegenteil ganz natürlich vor, daß seine Eltern immer jung und schön waren; aber gleichwohl bekam auch er sein Nüßchen, das er vergeblich zu knacken suchte.

Eines Herbstnachmittags, da es schon gegen das Zwielicht ging, saß er in dem langen Korridor des obern Stockwerks und spielte Einsiedler; denn weil die silbergraue Katze, welche sonst bei ihm zur Schule ging, eben in den Garten hinabgeschlichen war, um nach den Buchfinken zu sehen, so hatte er mit dem Professorspiel für heute aufhören müssen. Er saß nun als Einsiedler in einem Winkel und dachte sich allerhand, wohin wohl die Vögel flögen und wie die Welt draußen wohl aussehen möge und noch viel Tiefsinnigeres; denn er wollte der Katze darüber auf den andern Tag einen Vortrag halten – als er seine Mutter, die schöne Frau Abel, an sich vorübergehen sah. »Heisa, Mutter!« rief er; aber sie hörte ihn nicht, sondern ging mit raschen Schritten an das Ende des Korridors; hier blieb sie stehen und schlug mit dem Schnupftuch dreimal gegen die weiße Wand. – Hinzelmeier zählte in Gedanken »ein« – »zwei«, und kaum hatte er »drei« gezählt, als er die Wand sich lautlos öffnen und seine Mutter dadurch verschwinden sah; kaum konnte der Zipfel des Schnupftuchs noch mit hindurchschlüpfen, so ging alles mit einem leisen Klapp wieder zusammen, und der Einsiedler dachte nun auch noch darüber nach, wohin doch wohl seine Mutter durch die Wand gegangen sei. Darüber ward es allmählich dunkler, und das Dämmern in seinem Winkel war schon so groß geworden, daß es ihn ganz verschlungen hatte, da machte es, wie zuvor, einen leisen Klapp, und die schöne Frau Abel trat aus der Wand wieder in den Korridor hinein. Ein Rosenduft schlug dem Knaben entgegen, wie sie an ihm vorüberstrich. »Mutter, Mutter!« rief er; aber er hielt sie nicht zurück; er hörte, wie sie die Treppe hinab und in das Zimmer des Vaters ging, wo er am Vormittag sein Schaukelpferd an den messingenen Ofenknopf gebunden hatte. Nun hielt es ihn nicht länger, er sprang durch den Korridor und ritt wie der Wind das Treppengeländer hinab. Als er ins Zimmer trat, war es voller Rosenduft und es schien ihm fast, als wäre seine Mutter selber eine Rose, so leuchtend war ihr Antlitz. Hinzelmeier wurde ganz nachdenklich.

»Liebe Mutter«, sagte er endlich, »weshalb gehst du denn immer durch die Wand?«

Und als Frau Abel hierauf verstummte, sagte der Vater: »Ei nun, mein Sohn, weil die andern Leute immer durch die Tür gehen.«

Das war dem Hinzelmeier schon einleuchtend; bald aber wollte
er mehr erfahren.

»Wohin gehst du denn, wenn du durch die Wand gehst?« fragte er weiter. »Und wo sind denn die Rosen?«

Aber ehe er sich's versah, hatte der Vater ihn kopfüber aufs Schaukelpferd gestülpt und die Mutter sang das schöne Lied:

> Hatto von Mainz und Poppo von Trier
> Ritten zusammen aus Lünebier;
> Hatto hott hott! immer im Trott!
> Poppo hopp hopp! immer Galopp!
> Ein, zwei, drei!
> Zelle vorbei;
> Ein, zwei, drei, vier!
> Nun sind wir schon hier.

»Bind es los! bind es los!« rief Hinzelmeier; und der Vater band das Rößlein vom Ofenknopf, und die Mutter sang, und der Reiter ritt hopp hinauf und hopp hinab und hatte bald alle Rosen und weißen Wände in der ganzen Welt vergessen.

2. Der Zipfel

Nun gingen manche Jahre hin, ohne daß Hinzelmeier eine Wiederholung des Wunders erlebt hätte; er dachte daher auch überall nicht mehr daran, obgleich seine Eltern jung und schön blieben, wie sie es immer gewesen waren, und oftmals auch im Winter der wunderbare Rosenduft sie umgab.

In dem einsamen Korridor des oberen Stockwerks war Hinzelmeier jetzt nur selten noch zu finden; denn die Katze war vor Alter gestorben, und so war seine Schule aus Mangel an Schülern von selber eingegangen.

Es war ihm nun schon fast so, als müßte um einige Jahre der Bart zu wachsen anfangen; da ging er eines Nachmittags wieder in den alten Korridor hinauf, um die weißen Wände zu besichtigen; denn er wollte auf den Abend das berühmte Schattenspiel »Nebukadnezar und sein Nußknacker« zur Aufführung bringen. In dieser Absicht war er an das Ende des Ganges gekommen und betrachtete die weiße Querwand von oben bis unten, als er zu seiner Verwunderung den Zipfel eines Schnupftuches daraus hervorhängen sah. Er bückte sich, um es genauer zu betrachten; in der Ecke stand: A.H.; das konnte nichts anderes heißen als: Abel Hinzelmeier; es war das Schnupftuch seiner Mutter. Nun fing's in seinem Kopfe an zu schnurren und die Gedanken arbeiteten rückwärts, weiter und weiter, bis sie bei dem ersten Kapitel dieser Geschichte plötzlich haltmachten. Hierauf suchte er das Schnupftuch aus der Wand herauszuziehen, was ihm auch nach einem etwas schmerzhaften Experimente glücklich gelang; dann schlug er, wie einst die schöne Frau Abel, dreimal mit dem Tuche gegen die Wand; und »ein – zwei – drei –!« tat sie sich lautlos voneinander, Hinzelmeier schlüpfte hindurch und stand – wohin er am wenigsten zu gelangen dachte – auf dem Hausboden. Aber es war nicht daran zu zweifeln; dort stand der Urgroßmutterschrank mit den wackelköpfigen Pagoden, daneben seine eigne Wiege und weiterhin das Schaukelpferd, lauter ausgedientes Gerät; unter dem Balken längs an eisernen Haken hingen wie immer des Vaters lange Mäntel und Reisekragen und drehten sich langsam um sich selbst, wenn der Zug durch die offenen Bodenluken hereinstrich. »Sonderbar!« sagte Hinzelmeier, »warum ging die Mutter denn doch immer durch die Wand?« Da er indessen außer den bekannten Gegenständen nichts bemerken konnte, so wollte er durch die Bodentür wieder ins Haus hinabgehen. Allein die Tür war nicht da. Er stutzte einen Augenblick und meinte anfänglich, sich nur geirrt zu haben, weil er von einer andern Seite, als gewöhnlich, hinaufgelangt war. Er wandte sich daher und ging zwischen die

Mäntel durch nach dem alten Schranke, um sich von hier aus zu-
rechtzufinden; und richtig, dort gegenüber war die Tür, er begriff
nicht, wie er sie hatte übersehen können. Als er aber darauf zuging,
erschien ihm plötzlich wieder alles so fremd, daß er zu zweifeln begann, ob er auch vor der rechten Tür stehe. Allein soviel er wußte,
gab es hier keine andere. Was ihn am meisten verwirrte, war, daß
die eiserne Klinke fehlte und auch der Schlüssel abgezogen war, der
sonst immer aufzustecken pflegte. Er legte daher sein Auge an das
Schlüsselloch, ob er vielleicht jemanden auf der Treppe oder dem
Vorplatz gewahren könne, der ihn herabließe. Zu seinem Erstaunen
sah er aber nicht auf die dunkle Treppe, sondern in ein helles geräu-
miges Zimmer, von dessen Dasein er bisher keine Ahnung gehabt
hatte.

In der Mitte desselben gewahrte er einen pyramidenförmigen
Schrein, der von zwei goldschimmernden Türen verschlossen und
mit wunderlicher Schnitzarbeit verziert war. Hinzelmeier wußte
nicht recht, ob das enge Schlüsselloch seinen Blick verwirrte, aber
es war ihm fast, als wenn die Gestalten der Schlangen und Eidechsen
in der braunen Laubgirlande, welche sich an den Kanten hinunterzog,
auf und ab raschelten, ja mitunter sogar die geschmeidigen Köpfe
auf den Goldgrund der Türe hinüberreckten. Dies alles beschäftigte
den Knaben so, daß er nun erst die schöne Frau Abel und ihren
Eheherrn bemerkte, welche mit geneigtem Haupte vor dem Schrein
niedergekniet waren. Unwillkürlich hielt er den Atem an, um nicht
bemerkt zu werden, und nun hörte er die Stimmen seiner Eltern in
leisem Gesange:

> Rinke, ranke, Rosenschein,
> Tu dich auf, du goldner Schrein!
> Tu dich auf und schließ uns ein,
> Rinke, ranke, Rosenschein!

Während des Gesanges erstarrte in dem Laubwerk das Leben des Gewürmes; die goldenen Türen gingen langsam auf und zeigten in dem Innern des Schrankes einen kristallenen Becher, in welchem eine halberschlossene Rose auf schlankem Schafte stand. Allmählich öffnete sich der Kelch; weiter und weiter, bis eins der schimmernden Blätter sich ablöste und zwischen die Knienden hinabfiel. Ehe es aber den Boden erreichte, zerstob es klingend in der Luft und füllte

das Gemach mit rosenrotem Nebel.

Ein starker Rosenduft quoll durch das Schlüsselloch; der Knabe preßte sein Auge an die Öffnung, aber er gewahrte nichts als dann und wann ein Leuchten, das in der roten Dämmerung aufbrach und wieder verschwand. Nach einer Weile hörte er Schritte an der Tür; er wollte aufspringen, aber ein heftiger Schmerz an der Stirn raubte ihm die Besinnung.

3. Die Rose

Als Hinzelmeier aus der Betäubung erwachte, lag er in seinem Bette; Frau Abel saß neben ihm und hielt seine Hand in der ihren. Sie lächelte, da er die Augen zu ihr aufschlug, und der Abglanz der Rose lag auf ihrem Antlitz. »Du hast zuviel erlauscht, um nicht noch mehr erfahren zu müssen«, sagte sie. »Nur darfst du für heute dein Bett nicht verlassen; aber währenddessen will ich dir das Geheimnis deiner Familie mitteilen. Du bist jetzt groß genug, um es zu wissen.«

»Erzähle nur, Mutter«, sagte Hinzelmeier und legte den Kopf zurück in die Kissen. Und dann erzählte Frau Abel: »Weit von dieser kleinen Stadt liegt der uralte Rosengarten, von dem die Sage geht, er sei am sechsten Schöpfungstage mit erschaffen worden. Innerhalb seiner Mauer stehen tausend rote Rosenbüsche, welche nie zu blühen aufhören; und jedesmal, wenn in unserem Geschlechte, welches in vielen Zweigen durch alle Länder der Welt verbreitet ist, ein Kind geboren wird, springt eine neue Knospe aus den Blättern. Jeder Knospe ist eine Jungfrau zur Pflegerin bestellt, welche den Garten nicht verlassen darf, bis die Rose von dem geholt worden, durch dessen Geburt sie entsprossen ist. Eine solche Rose, welche du vorhin gesehen hast, besitzt die Kraft, ihren Eigentümer zeitlebens jung und schön zu erhalten. Daher versäumt denn nicht leicht jemand, sich seine Rose zu holen; es kommt nur darauf an, den rechten Weg zu finden; denn der Eingänge sind viele und oft verwunderliche. Hier führt es durch einen dicht verwachsenen Zaun, dort durch ein schmales Winkelpförtchen, mitunter« – und Frau Abel sah ihren Eheherrn, der eben ins Zimmer trat, mit schelmischen Augen an –, »mitunter auch durchs Fenster!«

348

Herr Hinzelmeier lächelte und setzte sich neben das Bett seines Sohnes.

Dann erzählte Frau Abel weiter: »Auf diese Weise wird die größte Zahl der Jungfrauen aus ihrer Gefangenschaft erlöst und verläßt mit dem Besitzer der Rose den Garten. Auch deine Mutter war eine Rosenjungfrau und pflegte sechzehn Jahre lang die Rose deines Vaters. Wer aber an dem Garten vorübergeht ohne einzukehren, der darf niemals dahin zurück; nur der Rosenjungfrau ist es nach dreimal drei Jahren gestattet, in die Welt hinauszugehen, um den Rosenherrn zu suchen und sich durch die Rose aus der Gefangenschaft zu erlösen. Findet sie in dieser Zeit ihn nicht, so muß sie in den Garten zurück und darf erst nach wiederum dreimal drei Jahren noch einmal den Versuch erneuern; aber wenige wagen den ersten, fast keine den zweiten Gang; denn die Rosenjungfrauen scheuen die Welt, und wenn sie ja in ihren weißen Gewändern hinausgehen, so gehen sie mit niedergeschlagenen Augen und zitternden Füßen; und unter hundert solcher Kühnen hat kaum eine einzige den wandernden Rosenherrn gefunden. Für diesen aber ist dann die Rose verloren, und während die Jungfrau zu ewiger Gefangenschaft zurückgegangen ist, hat auch er die Gnade seiner Geburt verscherzt und muß wie die gewöhnliche Menschheit kümmerlich altern und vergehen. – Auch du, mein Sohn, gehörst zu den Rosenherren und kommst du in die Welt hinaus, dann vergiß den Rosengarten nicht.«

Herr Hinzelmeier neigte sich zur Frau Abel und küßte ihre seidenen Haare; dann sagte er, freundlich des Knaben andere Hand ergreifend: »Du bist jetzt groß genug! Möchtest du wohl in die Welt hinaus und eine Kunst erlernen?«

»Ja«, sagte Hinzelmeier, »aber es müßte eine große Kunst sein; so eine, die sonst noch niemand hat erlernen können!«

Frau Abel schüttelte sorgenvoll den Kopf; der Vater aber sagte: »Ich will dich zu einem weisen Meister bringen, der viele Meilen von hier in einer großen Stadt wohnt; da magst du dir selbst eine Kunst erwählen.«

Das war Hinzelmeier zufrieden.

Einige Tage darauf packte Frau Abel einen großen Koffer mit unzählig vielen Kleidern, und Hinzelmeier selber legte noch ein Rasierzeug hinein, damit er den Bart, wenn er käme, sogleich wieder abschneiden könne. Dann fuhr eines Tages der Wagen vor die Tür, und als die Mutter ihren Sohn zum Abschied umarmte, sagte sie unter Tränen zu ihm: »Vergiß die Rose nicht!«

4. Krahirius

Als Hinzelmeier ein Jahr bei dem weisen Meister gewesen war, schrieb er seinen Eltern, er habe sich nun eine Kunst erwählt, er wolle den Stein der Weisen suchen; nach zwei Jahren werde der Meister ihn lossprechen, dann wolle er auf die Wanderschaft und nicht eher zurückkehren, als bis er den Stein gefunden habe. Dies sei eine Kunst, welche noch von niemandem erlernt worden; denn auch der Meister sei eigentlich nur ein Altgesell, da der Stein noch keineswegs von ihm gefunden sei.

Als die schöne Frau Abel diesen Brief gelesen hatte, faltete sie ihre Finger ineinander und rief: »Ach, er wird nimmer in den Rosengarten kommen! Es wird ihm gehen wie unseres Nachbarn Kasperle, der vor zwanzig Jahren ausgezogen und nimmer wieder nach Hause gekommen ist!«

Herr Hinzelmeier aber küßte seine schöne Frau und sagte: »Er mußte seinen Weg gehen! Ich wollte auch einmal den Stein der Weisen suchen und habe statt dessen die Rose gefunden.«

So blieb denn Hinzelmeier bei dem weisen Meister; und allmählich ging die Zeit herum. – –

Es war schon tief in der Nacht. Hinzelmeier saß vor einer qualmenden Lampe über einen Folianten gebückt. Aber es wollte ihm heute nicht gelingen; er fühlte es in seinen Adern klopfen und gären, es überfiel ihn eine Angst, als könne ihm auf immer das Verständnis für die tiefe Weisheit der Formeln und Sprüche verlorengehen, welche das alte Buch bewahrte.

Mitunter wandte er sein blasses Gesicht ins Zimmer zurück und starrte gedankenlos in den Winkel, wo die grämliche Gestalt seines Meisters vor einem niedrigen Herde zwischen glühenden Kolben und Tiegeln hantierte; mitunter, wenn die Fledermäuse an den Scheiben vorüberstrichen, sah er verlangend in die Mondnacht hinaus, die wie ein Zauber draußen über den Feldern lag. Neben dem Meister kauerte die Kräuterfrau am Boden. Sie hatte den grauen Hauskater auf dem Schoß und stäubte ihm sanft die Funken aus dem Pelz. Manchmal, wenn es so recht behaglich knisterte und das Tier vor angenehmem Grausen mauzte, langte der Meister liebkosend nach ihm zurück und sagte hustend: »Die Katze ist die Genossin des Weisen!«

Plötzlich scholl von außen her, von der First des Daches, das unter dem Fenster lag, ein langgezogener, sehnsüchtiger Laut, wie dessen von allen Tieren nur die Katze und nur im Lenze mächtig ist. Der Kater richtete sich auf und krallte seine Klauen in die Schürze des alten Weibes. Noch einmal rief es draußen. Da sprang das Tier mit einem derben Satz auf den Fußboden und über Hinzelmeiers Schultern durch die Scheiben ins Freie, daß die Glasscherben klingend hinterdrein stoben.

Ein süßer Primelduft strich mit dem Zug ins Zimmer. Hinzelmeier sprang empor. »Es ist Frühling, Meister!« rief er und warf seinen Stuhl zurück.

Der Alte senkte seine Nase noch tiefer in den Tiegel. Hinzelmeier ging auf ihn zu und packte ihn an der Schulter. »Hört Ihr's nicht, Meister?«

Der Meister griff sich in den graugemischten Bart und stierte den Jungen blöd durch seine grüne Brille an.

»Das Eis birst!« rief Hinzelmeier, »es läutet in der Luft!«

Der Meister faßte ihn ums Handgelenk und begann die Pulsschläge zu zählen. »Sechsundneunzig!« sagte er bedenklich. – Aber Hinzelmeier achtete dessen nicht, sondern verlangte seinen Abschied, und noch in selber Stunde. Da hieß der Meister ihn Stab und Ranzen nehmen und trat mit ihm vor die Haustür, von wo sie weit ins Land hineingehen konnten. Die unabsehbare Ebene lag in klarem Mondenlicht zu ihren Füßen. Hier standen sie still; das Antlitz des Meisters war gefurcht von tausend Runzeln, sein Rücken war gebeugt, sein Bart hing tief über seinen braunen Talar hinab; er sah unsäglich alt aus. Auch Hinzelmeiers Gesicht war blaß, aber seine Augen leuchteten. »Deine Zeit ist um«, sprach der Meister zu ihm. »Knie nieder, damit du losgesprochen werdest!« Dann zog er ein weißes Stäbchen aus dem Ärmel und dem Knienden dreimal damit den Nacken berührend, sprach er:

Das Wort ist gegeben
Unter die Geister;
Ruf es ins Leben,
So bist du der Meister.

Vorhanden ist es in keinem Reich.
Es ist ein Name, ein Dunst;
Finden und schaffen zugleich,
Das ist die Kunst!

Dann hieß er ihn aufstehen. Ein Frösteln durchfuhr den Jüngling, als er in das greise, feierliche Angesicht des Meisters blickte. Er nahm Stab und Ranzen vom Boden und wollte von dannen gehen, aber der Meister rief: »Vergiß den Raben nicht!« Er griff mit der hageren Faust in seinen Bart und riß ein schwarzes Haar heraus. Das blies er durch die Finger; da schwang es sich als Rabe in die Luft.

Nun schwenkte er den Stab im Kreise um sein Haupt, und wie er schwenkte, flog der Rabe; dann streckte er den Arm aus und der Vogel setzte sich auf seine Faust. Hierauf hob er die grüne Brille von seiner Nase; und während er sie auf des Raben Schnabel klemmte, sprach er:

Wege sollst du weisen,
Krahirius sollst du heißen!

Da schrie der Rabe: »Krahira! krahira!« und hüpfte mit ausgespreizten Flügeln auf Hinzelmeiers Schulter. Der Meister aber sprach zu diesem:

Wanderspruch und Wanderbuch
Hast du nun; und nun genug!

Dann wies er mit dem Finger in das Tal hinab, wo der unendliche Weg über die Ebene lief, und während Hinzelmeier, mit dem Reisehute grüßend, in die Frühlingsnacht hinausging, schwang Krahirius sich auf und flog zu seinen Häupten.

5. Der Eingang zum Rosengarten

Die Sonne stand schon hoch am Himmel. Hinzelmeier hatte einen Richtweg über ein Feld mit grüner Wintersaat eingeschlagen, das sich unabsehbar vor ihm ausdehnte. Zu Ende desselben führte der Steig durch eine Öffnung des Walles auf einen geräumigen Platz hinaus, und Hinzelmeier stand vor den Gebäuden eines großen Bauernhofes. Es hatte zuvor geregnet; nun dampften die Strohdächer in der herben Frühlingssonne. Er stieß seinen Wanderstab in den Boden und blickte zum First des Wohnhauses hinauf, wo ein Volk von Sperlingen sein Wesen trieb. Plötzlich sah er aus einem der beiden weißen Schornsteine eine glänzende Scheibe in die Luft steigen, sich langsam im Sonnenscheine wenden und darauf wieder in den Schornstein hinabfallen.

Hinzelmeier zog seine Taschenuhr hervor. »Es ist Mittag!« sagte er, »sie backen Eierkuchen.« – Ein lieblicher Duft verbreitete sich, und wieder stieg ein Eierkuchen in den Sonnenschein hinauf und sank nach einer kurzen Weile in den Schornstein zurück.

Der Hunger meldete sich; Hinzelmeier trat ins Haus und gelangte über einen breiten Flur in eine hohe, geräumige Küche, wie solche in größeren Gehöften zu sein pflegen. Am Herde, auf dem ein helles Reisigfeuer brannte, stand eine stämmige Bäuerin und tat den Teig in die zischende Pfanne.

Krahirius, der lautlos hinterdreingeflogen war, setzte sich auf den Herdmantel, während Hinzelmeier fragte, ob er für Geld und gute Worte eine Mahlzeit hier bekommen könne.

»Hier ist kein Wirtshaus!« sagte die Frau und schwang ihre Pfanne, daß der Eierkuchen prasselnd in den schwarzen Schlot hinauffuhr und erst nach einer ganzen Weile mit der Oberseite in die Pfanne zurückklatschte.

Hinzelmeier griff nach seinem Stecken, den er beim Eintritt an die Tür gestellt hatte; allein die Alte fuhr mit der Gabel in den Eierkuchen und stülpte ihn rasch auf eine Schüssel. »Nun, nun!« sagte sie, »so war es nicht gemeint. Setz Er sich nur: hier ist just einer fertig.« Dann schob sie ihm einen hölzernen Stuhl an den Küchentisch und setzte den dampfenden Kuchen nebst Brot und einem Kruge jungen Landweins vor ihm hin.

Das ließ Hinzelmeier sich gefallen und hatte bald die derbe Speise und ein gut Teil des festen Roggenbrots verzehrt. Dann setzte er den Krug an den Mund und tat einen herzhaften Zug auf die Gesundheit der Alten und dann zu seiner eigenen Gesundheit noch manchen anderen hinterher. Das machte ihn so vergnügt, daß er ganz wie von selber zu singen anhub. »Er ist ja ein lustiger Mensch!« rief die Alte von ihrem Herd hinüber. Hinzelmeier nickte; ihm fielen auf einmal alle Lieder wieder ein, die er vorzeiten im elterlichen Hause von seiner schönen Mutter gehört hatte. Nun sang er sie, eines nach dem andern:

Das macht, es hat die Nachtigall
Die ganze Nacht gesungen;
Da sind von ihrem süßen Schall,
Da sind von Hall und Widerhall
Die Rosen aufgesprungen.

Sie war doch sonst ein wildes Blut,
Nun geht sie tief in Sinnen;
Trägt in der Hand den Sommerhut
Und duldet still der Sonne Glut,
Und weiß nicht, was beginnen.

Das macht, es hat die Nachtigall
Die ganze Nacht gesungen! – –

354

Da wurde in der Wand, dem Herde gegenüber, unter den Reihen der blanken Zinnteller, ein Schiebfensterchen zurückgezogen, und ein schönes blondes Mädchen, es mochte des Hauswirts Tochter sein, steckte neugierig den Kopf in die Küche.

Hinzelmeier, der das Klirren der Fensterscheiben vernommen hatte, hörte auf zu singen und ließ seine Augen an den Wänden der Küche umherwandern; über das Butterfaß und die blanken Käsekessel und über den breiten Rücken der Alten bis an das offene Schiebfensterchen, wo sie an zwei anderen jungen Augen hängenblieben.

Das Mädchen wurde ganz rot. – »Er singt schön!« sagte sie endlich.

»Es kam mir nur so«, erwiderte Hinzelmeier. »Ich singe sonst gar nicht.«

Dann schwiegen beide eine Weile, und man hörte nur das Zischen der Pfanne und das Prasseln der Eierkuchen.

»Der Kaspar singt auch schön!« hub das Mädchen wieder an.

»Freilich wohl!« meinte Hinzelmeier.

»Ja«, sagte das Mädchen, »aber so schön wie Er macht er's doch nicht. Wo hat Er denn das schöne Lied her?«

Hinzelmeier antwortete nicht darauf, sondern trat auf einen umgestürzten Zuber, der unter dem Schiebfenster stand, und sah an dem Mädchen vorbei in die Kammer. – Drinnen war voller Sonnenschein. Auf den roten Fliesen der Diele lagen die Schatten von Nelken- und Rosenstöcken, welche seitwärts vor einem Fenster stehen mochten. Plötzlich wurde im Hintergrund der Kammer eine Tür aufgerissen. Der Frühlingswind brauste herein und riß dem Mädchen ein blauseidnes Band von der Riegelhaube; dann fuhr er durchs Schiebfenster und trieb seine Beute kreiselnd in der Küche umher. Hinzelmeier aber warf seinen Hut danach und fing es wie einen Sommervogel.

Das Fenster war ein wenig hoch. Er wollte es dem Mädchen hinauflangen, sie bückte sich zu ihm heraus; da fuhren beide mit den

Köpfen aneinander, daß es krachte. Das Mädchen schrie, die Zinnteller klirrten, Hinzelmeier wurde ganz konfus.

»Er hat einen gar wackeren Kopf!« sagte das Mädchen und
wischte sich mit ihrer Hand die Tränen von den Wangen. Als aber
Hinzelmeier sich das Haar aus der Stirn strich und ihr herzhaft ins
Gesicht schaute, da schlug sie die Augen nieder und fragte: »Er hat
sich doch kein Leids getan?«

Hinzelmeier lachte. »Nein, Jungfer«, rief er – er wußte selbst nicht,
wie es ihm auf einmal einfallen mußte –, »nimm Sie mir's nicht für
übel, aber Sie hat gewiß schon einen Schatz!«

Sie setzte die Faust unters Kinn und wollte ihn trotzig ansehen,
aber ihre Augen blieben an den seinen hängen. – »Er faselt wohl!«
sagte sie leise.

Hinzelmeier schüttelte den Kopf; es wurde ganz still zwischen den
beiden.

»Jungfer!« sagte nach einer Weile Hinzelmeier, »ich möchte Ihr
das Band in die Kammer bringen!«

Das Mädchen nickte.

»Wo geht denn aber der Weg?«

Es klang ihm in den Ohren: »Mitunter auch durchs Fenster!« –
Das war die Stimme seiner Mutter. Er sah sie an seinem Bette sitzen;
er sah sie lächeln; es war ihm plötzlich, als stehe er in einem rosen-
roten Nebel, der aus dem offnen Schiebfenster in die Küche herein-
zog. Er trat wieder auf den Zuber sund legte seine Hände um den
Nacken des Mädchens. Da sah er durch die offene Kammertür in
einen Garten; darinnen standen die blühenden Rosenbüsche wie ein
rotes Meer, und in der Ferne sangen kristallene Mädchenstimmen:

Rinke, ranke, Rosenschein,
Tu dich auf und schließ uns ein!

Hinzelmeier drängte das Mädchen sanft in die Kammer zurück und stemmte die Hände auf das Fensterbrett, um sich mit einem Satz hineinzuschwingen; da hörte er es: »Krahira, krahira!« über seinem Kopfe schwirren, und ehe er sich's versah, ließ der Rabe die grüne Brille aus der Luft und grade auf seine Nase fallen. Nur wie im Traume sah er noch das Mädchen die Arme nach ihm ausstrecken; dann war auf einmal alles vor seinen Augen verschwunden; aber in weiter Ferne sah er durch die grünen Gläser eine dunkle Gestalt in einem tiefen Felsenkessel sitzen, welche mit einem Stemmeisen eifrig in den Grund zu bohren schien.

6. Ein Meisterschuß

›Der sucht den Stein der Weisen!‹ dachte Hinzelmeier, und seine Wangen begannen zu brennen; er schritt wacker auf die Erscheinung los; aber es war weiter, als es durch die Brillengläser aussah; er rief dem Raben, der mußte mit seinen Flügeln ihm die Schläfe fächeln. Erst nach Stunden hatte er den Grund der Schlucht erreicht. Nun sah er eine schwarze, rauhe Gestalt vor sich, die hatte zwei Hörner an der Stirn und einen langen Schwanz, den ließ sie hinter sich über das Gestein hinabhängen. Bei Hinzelmeiers Ankunft nahm sie das Stemmeisen zwischen die Zähne und begrüßte ihn mit dem verbindlichsten Kopfnicken, während sie mit der Schwanzquaste den Bohrstaub zusammenfegte. Hinzelmeier wurde fast um die Anrede verlegen, deshalb nickte er jedesmal mit gleicher Verbindlichkeit wieder, so daß also diese Komplimente von beiden Seiten eine Zeitlang fortdauerten. Endlich sagte der andere: »Sie kennen mich wohl nicht?«

»Nein«, sagte Hinzelmeier. »Sind Sie vielleicht ein Pumpenmeister?«

»Ja«, sagte der andere, »so etwas Ähnliches; ich bin der Teufel.«

Das wollte Hinzelmeier nicht glauben; aber der Teufel sah ihn mit zwei solchen Eulenaugen an, daß er am Ende gründlich überzeugt wurde und ganz bescheiden sagte: »Dürfte ich mir die Frage erlauben, ob Sie mit diesem ungeheueren Loche ein physikalisches Experiment beabsichtigen?«

»Kennen Sie die ultima ratio regum?« fragte der Teufel.

»Nein«, sagte Hinzelmeier. »Die ratio regum hat nichts mit meiner Kunst zu schaffen.«

Der Teufel kratzte sich mit dem Pferdehuf hinter den Ohren und sagte dann, einen überlegenen Ton annehmend: »Mein Kind, weißt du, was eine Kanone ist?«

»Freilich«, sagte Hinzelmeier lächelnd; denn das ganze hölzerne Arsenal aus seiner Knabenzeit sah er plötzlich im Geiste vor sich aufgepflanzt.

Der Teufel klatschte vor Vergnügen mit seinem Schwanze auf den Felsen. »Drei Pfund Schießpulver, ein Fünkchen Höllenfeuer dazu; dann –!« Hier steckte er die eine Tatze in das Bohrloch, und indem er die andere auf Hinzelmeiers Schulter legte, sagte er vertraulich: »Die Welt ist unregierbar geworden! Ich will sie in die Luft sprengen.«

»Alle Wetter«, schrie Hinzelmeier, »das ist ja aber eine Radikalkur, eine wahre Pferdekur!«

»Ja«, sagte der Teufel, »ultima ratio regum! Versichere Sie, es gehört eine übermenschlich gute Natur dazu, um so etwas auszuhalten! Aber nun entschuldigen Sie ein Weilchen; ich muß ein wenig inspizieren.« Mit diesen Worten zog er den Schwanz zwischen die Schenkel und sprang in das Bohrloch hinab. Da überfiel den Hinzelmeier auf einmal eine ganz übernatürliche Courage, so daß er bei sich beschloß, den Teufel aus der Welt zu schießen. Mit fester Hand zog er seine Zunderbüchse aus der Tasche, pinkte Feuer und warf es in das Bohrloch; dann zählte er: »Ein – zwei –«, aber er hatte noch nicht »drei« gezählt, so entlud sich diese grundlose Pistole ihres

Schusses samt ihrer Vorladung. Die Erde machte einen fürchterlichen Seitensprung durch den Himmel. Hinzelmeier stürzte in die Knie; der Teufel aber flog wie eine Bombe durch die Luft, von einem Planetensystem in das andere, wo ihn die Anziehungskraft unseres Weltkörpers nicht mehr erreichen konnte. Hinzelmeier blickte ihm eine Weile nach; als er aber immer weiter und weiter flog und gar nicht damit aufhören wollte, so gingen ihm endlich die Augen über. Sobald daher die Erde sich insoweit beruhigt hatte, daß mit zwei Beinen wieder auf ihr zu stehen war, sprang er auf und blickte um sich her. Zu seinen Füßen gähnte ihn der schwarze ausgebrannte Mörser an; von Zeit zu Zeit quoll eine Wolke braunen Rauchs heraus und zog sich träge an den Felsen hin. Aber schon brach die Sonne durch den Dunst und vergoldete überall die Spitzen des Gesteines. Da nahm Hinzelmeier seine Tabakspfeife aus der Tasche, und die blauen Wolken vor sich hinblasend, rief er triumphierend: »Den Stein des Anstoßes habe ich aus der Welt geschossen; wohlan! der Stein der Weisen kann mir nicht entgehen!«

Dann setzte er seine Wanderung fort, und Krahirius flog zu seinen Häupten.

7. Die Rosenjungfrau

Aber er wanderte hin und her, kreuz und quer, er wurde müder und müder, sein Rücken wurde gekrümmt; aber immer fand er doch den Stein der Weisen nicht. So waren neun Jahre dahingegangen, als er eines Abends in ein Wirtshaus einkehrte, welches am Eingange einer großen Stadt belegen war. Krahirius nahm sich mit der Klaue die Brille herunter und putzte sie an seinen Flügeln; dann setzte er sie wieder auf und hüpfte in die Küche. Als die Hausleute ihn sahen, lachten sie über seine Brille, nannten ihn »Herr Professor« und warfen ihm die fettsten Bissen vor.

»Wenn Ihr der Herr des Vogels seid«, sagte der Wirt zu Hinzel-meier, »so ist nach Euch gefragt worden.«

»Freilich bin ich das« – sagte Hinzelmeier.

»Wie heißt Ihr denn?«

»Ich heiße Hinzelmeier.«

»Ei, ei«, sagte der Wirt, »Ihren Herrn Sohn, den Gemahl der schönen Frau Abel, den kenne ich recht wohl.«

»Das ist mein Vater«, sagte Hinzelmeier verdrießlich, »und die schöne Frau Abel ist meine Mutter.«

Da lachten die Leute und sagten, der Herr sei außerordentlich spaßhaft. Hinzelmeier aber sah vor Zorn in einen blanken Kessel.

Da starrte ihm ein grämliches Angesicht entgegen, voll Runzeln und Hahnepfötchen und er gewahrte nun wohl, daß er abscheulich alt geworden sei.

»Ja, ja!« rief er und schüttelte sich, als gelte es, aus einem schweren Traum zu kommen. »Wo war es doch? Ich war ja dicht davor.« Dann erkundigte er sich bei dem Wirte, wer nach ihm gefragt habe.

»Es war nur eine arme Dirne«, sagte der Wirt, »sie trug ein weißes Kleid und ging mit nackten Füßen.«

»Das war die Rosenjungfrau!« rief Hinzelmeier.

»Ja«, antwortete der Wirt, »ein Sträußermädel mag es wohl sein, sie hatte aber nur noch eine Rose in ihrem Körbchen.«

»Wohin ist sie gegangen?« rief Hinzelmeier.

»Wenn Ihr sie sprechen müßt«, sagte der Wirt, »so werdet Ihr sie schon in der Stadt an einer Straßenecke finden können.«

Als Hinzelmeier das gehört hatte, schritt er eilig zum Hause hinaus und in die Stadt hinein; Krahirius, die Brille auf dem Schnabel, flog krächzend hinterher. Es ging aus einer Straße in die andere und an allen Ecksteinen standen Blumenmädchen; aber sie trugen plumpe Schnallenschuhe und boten schreiend ihre Ware feil. Das waren keine Rosenjungfrauen. – Endlich, als schon die Sonne hinter den Häusern hinab war, gelangte Hinzelmeier an ein altes Haus, aus dessen offener Tür ein zartes Leuchten auf die dämmerige Gasse herausdrang. Krahirius warf den Kopf zurück und schlug ängstlich mit den Flügeln; Hinzelmeier aber achtete dessen nicht und trat über die Schwelle in einen weiten Hausflur, der ganz von rotem Schimmer erfüllt war. Tief im Hintergrunde, auf der untersten Stufe einer Wendeltreppe, sah er ein blasses Mädchen sitzen; in einem Körbchen, das sie auf ihrem Schoße hielt, lag eine rote Rose, aus deren Kelch das zarte Licht hervorbrach. Das Mädchen schien ermüdet; denn sie setzte eben die Lippen von einem irdnen Wasserkruge, der ihr von einem kleinen Knaben mit beiden Händen vorgehalten wurde. Ein großer Hund, der neben ihr an der Treppe lag und wie das Kind, hier zu Hause zu gehören schien, legte den Kopf an ihr weißes Gewand und leckte ihre nackten Füße. – »Das ist sie!« sagte Hinzelmeier, und seine Schritte wurden unsicher vor Hoffen und Erwarten. Und als die Jungfrau nun ihr Antlitz gegen ihn erhob, da fiel es ihm wie Schuppen von den Augen und er erkannte mit einemmal das Mädchen aus der Bauernküche; nur trug sie heute nicht das bunte Mieder, und das Rot auf ihren Wangen war nur der Abglanz von dem Rosenlichte.

»O du!« rief Hinzelmeier, »nun wird noch alles, alles gut!«

Sie streckte die Arme nach ihm aus; sie wollte lächeln, aber die Tränen sprangen ihr in die Augen. »Wo ist Er denn so lange in der Welt umhergelaufen?« sagte sie.

Und als er nun in ihre Augen sah, da erschrak er vor lauter Freude; denn dort stand sein eignes Bild, aber kein Bild, wie es ihn kurz vorher aus dem kupfernen Kessel angeglotzt hatte; nein, ein Gesicht, so jung und frisch und lustig, daß er laut aufjauchzen mußte; er hätte es um alle Welt nicht lassen können. – –

Da quoll von der Straße her ein Menschenschwarm ins Haus, schreiend und mit den Händen fechtend. »Hier steht der Herr des Vogels!« rief ein untersetztes Männlein; dann drangen alle auf Hinzelmeier ein.

Dieser faßte die Hand des Mädchens und fragte: »Was ist es mit dem Raben?«

»Was es ist?« sagte der Dicke, »dem Herrn Bürgermeister hat er die Perücke gestohlen!« – »Ja, ja!« riefen Alle, »und nun sitzt er draußen auf der Dachrinne, das Ungetüm, und hat die Perücke in der Klaue und glotzt ihre Wohlweisheit durch seine grünen Brillengläser an!«

Hinzelmeier wollte reden, aber sie nahmen ihn in ihre Mitte und schoben ihn gegen die Türe. Mit Schrecken fühlte er die Hand der Rosenjungfrau aus der seinen gleiten. So kam er auf die Straße.

Droben auf der Dachrinne des Hauses saß noch immer der Rabe und sah mit seinen schwarzen Augen lauernd auf die aus dem Hause Kommenden hinab. Plötzlich öffnete er die Klaue; und während die Bürger mit Stöcken und Regenschirmen nach der Perücke ihres Bürgermeisters in der Luft umherlangten, hörte Hinzelmeier es »Krahira, krahira!« über seinem Haupte schwirren und in demselben Augenblicke saß auch die grüne Brille schon auf seiner Nase.

Da war auf einmal die Stadt vor seinen Augen verschwunden; aber durch die Brillengläser sah er zu seinen Füßen ein grünes Tal mit Meierhöfen und Dörfern. Sonnenbeschienene Wiesen zogen sich rings umher, auf welchen barfüßige Dirnen mit blanken Milcheimern durch das Gras schritten, während in weiterer Entfernung von den Dörfern junge Kerle die Sense schwangen. Was aber Hinzelmeiers Augen fesselte, war die Gestalt eines Menschen in rot und weißer Bluse, mit einer spitzen Kappe auf dem Kopfe, welcher inmitten einer Wiese mit auf den Knien gestützten Armen in nachdenklicher Stellung auf einem Steine zu sitzen schien.

362

8. Nachbars Kasperle

Da dachte Hinzelmeier: ›Das ist der Stein der Weisen!‹ und ging geraden Weges auf ihn zu. Der Mensch aber beharrte in seiner nachdenklichen Stellung, nur daß er zu Hinzelmeiers Erstaunen seine große Nase wie Gummi elasticum über das Kinn herabzog.

»Ei, lieber Herr, was treibt Ihr denn da?« rief Hinzelmeier.

»Das weiß ich nicht«, sagte der Mann, »aber ich habe da eine verwünschte Glocke an der Mütze, die mich abscheulich im Denken stört.«

»Warum zupft Ihr Euch denn aber so entsetzlich an der Nase?«

»Oh«, sagte der Mensch und ließ den Nasenzipfel fahren, daß er mit einem Klaps wieder in seine alte Form zurückschnellte – »da bitte ich um Entschuldigung; aber ich leide oftmals an Gedanken, denn ich suche den Stein der Weisen.«

»Mein Gott!« sagte Hinzelmeier, »da seid Ihr wohl, gar des Nachbars Kasperle; der gar nicht wieder nach Haus gekommen ist?«

»Ja«, sagte der Mensch und reichte Hinzelmeiern die Hand, »der bin ich.«

»Und ich bin Nachbars Hinzelmeier«, sagte dieser, »und suche auch den Stein der Weisen.«

Hierauf reichten sie sich noch einmal die Hände und kreuzten dabei die Finger auf eine Weise, woran sie sich gegenseitig als Eingeweihte erkannten. Dann sagte Kasperle: »Ich suche den Stein der Weisen jetzt nicht mehr.«

»Da reist Ihr vielleicht nach dem Rosengarten?« rief Hinzelmeier.

»Nein«, sagte Kasperle, »ich suche den Stein nicht mehr; aber ich habe ihn bereits gefunden.«

363 Da verstummte Hinzelmeier eine ganze Zeitlang; endlich faltete er andächtig die Hände und sagte feierlich: »Es mußte schon so

kommen, ich wußte es wohl; denn ich habe vor neun Jahren den Teufel aus der Welt geschossen.«

»Das muß sein Sohn gewesen sein«, sagte der andere, »dem alten Teufel bin ich noch vorgestern begegnet.«

»Nein«, sagte Hinzelmeier, »es war der alte Teufel, denn er hatte Hörner vor der Stirn und einen Schwanz mit schwarzer Quaste. Aber erzählt mir doch, wie Ihr den Stein gefunden habt.«

»Das ist einfach«, sagte Kasperle; »dort unten im Dorfe wohnen lauter dumme Leute, die nur mit Schafen und Rindvieh verkehren; sie wußten nicht, welchen Schatz sie besaßen; da habe ich ihn in einem alten Keller gefunden und mit drei Sechslingen das Pfund bezahlt. Und nun denke ich bereits seit gestern darüber nach, wozu er nütze sei und hätte es vermutlich schon gefunden, wenn mich die verwünschte Glocke nicht dabei gestört hätte.«

»Lieber Herr Kollege!« sagte Hinzelmeier, »das ist eine höchst kritische Frage, woran vor Euch wohl noch kein Mensch gedacht hat! Aber wo habt Ihr denn den Stein?«

»Ich sitze darauf«, sagte Kasperle und zeigte aufstehend Hinzelmeier den runden, wachsgelben Körper, worauf er bisher gesessen hatte.

»Ja«, sagte Hinzelmeier, »es ist kein Zweifel, Ihr habt ihn wirklich gefunden; aber nun laßt uns bedenken, wozu er nütze sei.«

Damit setzten sie sich einander gegenüber auf den Boden, indem sie den Stein zwischen sich nahmen und die Ellenbogen auf ihre Knie stützten.

So saßen und saßen sie; die Sonne ging unter, der Mond ging auf, und noch immer hatten sie nichts gefunden. Mitunter fragte der eine: »Habt Ihr's?« Aber der andere schüttelte immer mit dem Kopfe und sagte: »Nein, ich nicht; habt Ihr's?« Und dann antwortete der andere: »Ich auch nicht.«

Krahirius ging ganz vergnügt im Grase auf und nieder und fing sich Frösche. Kasperle zupfte sich schon wieder an seiner schönen, großen Nase; da ging der Mond unter, und die Sonne kam herauf, und Hinzelmeier fragte wieder: »Habt Ihr's?« und Kasperle schüttelte wieder den Kopf und sagte: »Nein, ich nicht; habt Ihr's?« und Hinzelmeier antwortete trübselig: »Ich auch nicht.«

Dann dachten sie wieder eine ganze Weile nach; endlich sagte Hinzelmeier: »So müssen wir erst die Brille polieren, dann werden wir hernach schon sehen, wozu er nütze sei.« Und kaum hatte Hinzelmeier seine Brille abgenommen, so ließ er sie vor Erstaunen ins Gras fallen und rief: »Ich hab es! Herr Kollege, man muß ihn essen! Nehmt nur gefälligst die Brille von Eurer schönen Nase.«

Da nahm auch Kasperle die Brille herunter, und nachdem er seinen Stein eine Weile betrachtet hatte, sagte er: »Dieses ist ein sogenannter Lederkäse und muß mit des Himmels Hülfe gegessen werden. Bedienen Sie sich, Herr Kollege!«

Und nun zogen beide ihre Messer aus der Tasche und hieben wacker in den Käse ein. Krahirius kam herbeigeflogen und nachdem er die Brille aus dem Grase aufgesammelt und über seinen Schnabel geklemmt hatte, setzte er sich gemächlich zwischen die Essenden und schnappte nach den Rinden.

»Ich weiß nicht«, sagte Hinzelmeier, nachdem der Käse verzehrt war, »mir ist unmaßgeblich zumute, als wäre ich dem Stein der Weisen um ein erkleckliches näher gerückt.«

»Wertester Herr Kollege« erwiderte Kasperle, »Ihr sprecht aus meiner Seele. So laßt uns denn ungesäumt unsere Wanderung fortsetzen.«

Nach diesen Worten umarmten sie sich; Kasperle ging nach Westen, Hinzelmeier nach Osten, und zu seinen Häupten, die Brille auf dem Schnabel, flog Krahirius.

9. Der Stein der Weisen

Aber er wanderte hin und her, kreuz und quer, sein Haar ergraute, seine Beine wurden wankend; am Stabe ging er von Land zu Land, und immer fand er doch den Stein der Weisen nicht. So waren noch einmal neun Jahre vergangen, als er eines Abends, wie er es jeden Abend zu tun pflegte, in ein Wirtshaus trat. Krahirius putzte wie gewöhnlich seine Brille und hüpfte dann in die Küche, um sich sein Abendbrot zu betteln. Hinzelmeier trat in die Stube und lehnte seinen Stab in die Kachelofenecke; dann setzte er sich still und müde in den großen Lehnstuhl. Der Wirt stellte einen Krug Wein vor ihm hin und sagte freundlich: »Ihr scheinet müde, lieber Herr; trinket nur, das wird Euch stärken!«

»Ja«, sagte Hinzelmeier und faßte den Krug mit beiden Händen, »sehr müde; ich bin lange gewandert, sehr lange.« Dann schloß er die Augen und tat einen durstigen Zug aus dem Weinkruge.

»Wenn Ihr der Herr des Vogels seid, so glaube ich fast, es ist nach Euch gefragt worden«, sagte der Wirt. »Wie heißet Ihr denn, lieber Herr?«

»Ich heiße Hinzelmeier.«

»Nun«, sagte der Wirt, »Euren Enkel, den Gemahl der schönen Frau Abel, den kenne ich recht wohl.«

»Das ist mein Vater«, sagte Hinzelmeier, »und die schöne Frau Abel ist meine Mutter.«

Der Wirt zuckte mit den Achseln, und indem er sich nach seiner Schenke wandte, sagte er bei sich selber: ›Der arme alte Mann ist kindisch geworden.‹

Hinzelmeier ließ den Kopf auf seine Brust sinken und erkundigte sich, wer nach ihm gefragt habe.

»Es war nur eine arme Dirne«, sagte der Wirt, »sie trug ein weißes Kleid und ging mit nackten Füßen.« Da lächelte Hinzelmeier und sagte leise: »Das war die Rosenjungfrau, nun wird es bald besser werden. Wohin ist sie gegangen?«

»Es schien ein Blumenmädchen zu sein«, sagte der Wirt, »wenn Ihr sie sprechen wollt, Ihr werdet sie leicht an den Straßenecken finden können.«

»Ich muß ein Weilchen schlafen«, sagte Hinzelmeier, »gebt mir eine Kammer und wenn der Hahn kräht, dann klopft an meine Tür.«

Nun gab der Wirt ihm eine Kammer, und Hinzelmeier legte sich zur Ruhe. Er träumte von seiner schönen Mutter; er lächelte, sie sprach im Traume zu ihm. Da flog Krahirius durch das offene Fenster und setzte sich zu seinen Häupten auf das Bett. Er sträubte seine schwarzen Federn und hackte mit seiner Klaue sich die Brille von dem Schnabel. Dann stand er unbeweglich auf einem Bein und sah auf den Schlafenden hinunter. Der träumte weiter, und seine schöne Mutter sprach zu ihm: »Vergiß die Rose nicht!« Der Schlafende nickte leise mit dem Kopfe; der Rabe aber öffnete die Klaue und ließ die Brille auf seine Nase fallen.

Da verwandelten sich seine Träume; seine eingefallenen Wangen begannen zu zucken, er streckte sich lang aus und stöhnte. – So kam die Nacht.

Als im Zwielicht der Hahn gekräht hatte, klopfte der Wirt an die Kammertür; Krahirius reckte die Flügel und zupfte seinen Federbalg zurecht; dann schrie er »Krahira! krahira!« Hinzelmeier richtete sich mühsam auf und starrte um sich her; da sah er durch die Brille, die noch auf seiner Nase saß, zur Kammertür hinaus, über ein weites, ödes Feld; dann weiterhin auf einen mählich ansteigenden Hügel; auf diesem, unter dem Rumpfe einer alten Weide, lag ein grauer, flacher Stein; die Gegend war einsam, kein Mensch zu sehen.

›Das ist der Stein der Weisen!‹ sagte Hinzelmeier zu sich selber. ›Endlich, endlich wird er dennoch mein werden!‹

Hastig warf er seine Kleider über, nahm Stab und Ranzen und schritt zur Tür hinaus. Krahirius flog zu seinen Häupten, knappte mit dem Schnabel und schlug beim Fliegen Purzelbäume in der Luft. So wanderten sie viele Stunden. Endlich schienen sie ihrem Ziele näher zu kommen; aber Hinzelmeier war ermüdet, seine Brust keuchte, der Schweiß troff von seinen weißen Haaren; er stand still und stützte sich auf seinen Stab. Da kam aus der Ferne, hinter ihm, ganz aus der Ferne, fast wie ein Traum, ein Gesang zu ihm herüber:

Rinke, ranke, Rosenschein,
Laß ihn nicht allein, allein!
Halt ihn fest und hol ihn ein,
Rinke, ranke, Rosenschein.

Das spann sich wie ein goldenes Netz um ihn her; er ließ den Kopf auf seine Brust sinken; aber Krahirius schrie: »Krahira! krahira!«, da war das Lied verschollen, und als Hinzelmeier die Augen wieder aufschlug, stand er am Fuße des Hügels.

›Nur eine kleine Weile noch‹, sagte er zu sich selber und ließ noch einmal seine müden Füße wandern. Als er aber den großen, breiten Stein allmählich in der Nähe sah, da dachte er: ›Den wirst du nimmer heben.‹

Endlich hatten sie die Höhe erreicht, Krahirius flog voran mit ausgebreiteten Schwingen und ließ sich auf den Baumstamm nieder; Hinzelmeier wankte zitternd hinterher. Als er aber den Baum erreicht hatte, brach er zusammen, der Wanderstab glitt aus seiner Hand, sein Kopf sank auf den Stein zurück; doch in demselben Augenblick fiel auch die Brille von seiner Nase. Da sah er tief am Horizonte, am Rande der öden Ebene, die er durchwandert hatte, die weiße Gestalt der Rosenjungfrau; und noch einmal hörte er aus weiter Ferne:

Rinke – ranke – Rosenschein.

Er wollte aufstehen, aber er vermochte es nicht mehr; er streckte seine Arme aus, aber ein Frösteln lief über seine Glieder; der Himmel wurde grau und grauer, der Schnee fing an zu fallen, Flocke um Flocke, es schimmerte und flirrte und zog weiße Schleier zwischen ihm und der fernen, nebelhaften Gestalt. Er ließ die Arme fallen, seine Augen sanken ein, sein Atem hörte auf. Auf dem Weidenstumpf zu seinen Häupten steckte der Rabe den Schnabel zum Schlaf in seine Flügeldecken. – Der Schnee fiel über sie beide.

Die Nacht kam, und nach der Nacht kam der Morgen, und mit dem Morgen kam die Sonne, die schmolz den Schnee hinweg, und mit der Sonne kam die Rosenjungfrau; die löste ihre Flechten und kniete neben dem Toten, daß die blonden Haare sein bleiches Antlitz ganz bedeckten und weinte, bis der Tag verging. Als aber die Sonne erlosch, gurrte der Rabe im Schlaf und rauschte mit den Federn. Da richtete die zarte Gestalt der Jungfrau sich vom Boden auf, mit ihrer weißen Hand ergriff sie den Raben bei den Flügeln und schleuderte ihn in die Luft, daß er krächzend in den grauen Himmel hineinflog, sie pflanzte die rote Rose an den Stein und sang dazu:

Nun streck die Würzlein tief hinab,
Nun wirf die Blättlein übers Grab,
Und singt der Wind im Abendschein,
Dann sprich auch du ein Wort darein,
Mit rinke, ranke, Rosenschein!

Dann zerriß sie ihr weißes Kleid vom Saum bis an den Gürtel und ging zu ewiger Gefangenschaft in den Rosengarten zurück.

Hans Bär

In einem alten Fichtenwalde wohnte einmal vor vielen, vielen Jahren ein armer Köhler mit seiner Frau, die ihm erst vor kurzem ein gesundes Knäblein geschenkt hatte, das in der Taufe den Namen Hans empfing. Dieser entwickelte bald nach seiner Geburt eine solche Körperstärke, daß er drei kleine Hündchen, die die Eltern ihm als Spielkameraden beigegeben hatten, der Reihe nach mit seinen Händchen zu Tode drückte. Darüber schalten sie nun wohl den Knaben; in ihrem Herzen aber freuten sie sich über die so wunderbaren Anlagen ihres Söhnleins und gedachten noch einmal etwas Großes aus ihm zu ziehen. Doch nicht lange sollten sie solcher Freude genießen, wie ich dir sogleich erzählen werde. – Es hauste nämlich in diesem selbigen Walde ein ungeheurer Bär; dem hatten die Jäger seine beiden Jungen genommen, worüber er sehr betrübt war und Tag und Nacht vor Schmerz im Walde umherheulte. So kam er auch einst vor das Haus des Köhlers, wo der kleine Hans an der Erde saß und spielte.

Als der Bär ihn gewahrte, ward er noch lebhafter gemahnt, an seine eignen Kindlein zu denken, und um Rache zu nehmen an den bösen Menschen, die sie ihm geraubt hatten, fuhr er auf den kleinen Hans zu, um ihn zu fressen. Hans aber riß ein Bäumchen aus der Erde und schlug so tapfer auf den großen Bären los, daß dieser, erstaunt über die Kraft und den Mut des Kindes, bald ganz andern Sinnes ward und bei sich selber dachte: ›Den Jungen sollst du mit in deine Höhle nehmen und ihn säugen mit deiner Milch und ihn so stark machen, wie es wohl sonst deine eignen Bärlein geworden wären, damit er dich wieder pflegen und schützen kann, wenn du einmal alt und schwach geworden bist.‹ Solches dachte die alte Bärenmutter in ihrem Sinn, nahm dann trotz seines Schreiens und

319

Sträubens den kleinen Hans gar sanft zwischen ihre Vordertatzen und trabte mit ihm waldeinwärts ihrer Höhle zu.

Kaum war sie daselbst angekommen, so legte sie auch sogleich ihr neues Pflegesöhnlein auf das weiche Lager, das sie vorher ihren eignen Kindern bereitet hatte, schüttelte ihm die Streu zurechte und brummte ihn gar freundlich an, daß Hänschen sich allmählich beruhigte und endlich vor Ermattung und Müdigkeit einschlief.

Als er am andern Morgen die Augen aufschlug, sah er den alten Bären vor seinem Lager sitzen, der ihm mit seinen Tatzen eine Menge schöner, roter Erdbeeren darreichte, die er in der Frühstunde für ihn im Walde gepflückt hatte; dann bot er ihm seine Brust und säugte ihn mit seiner Milch, so daß Hänschen gar vergnügt ward und den alten Bär bald auf dem breiten Rücken klopfte, ihn bald in seinem zottigen Pelz zauste, daß es eine Lust war. – Als sie es so eine Weile getrieben hatten, ging der Bär wieder aus der Höhle, wälzte aber, bevor er wegging, einen ungeheuren Stein vor die Öffnung, daß unserm Hänschen rein Tor und Tür versperrt war, so gerne er auch hinterdrein gewesen wäre.

So ging's eine Zeitlang fort; morgens ging der Bär aus, und mittags kam er wieder nach Hause, wo er denn immer eine schöne Beere oder Blume für sein Pflegesöhnlein mitbrachte, und nachdem er eine Weile mit ihm gespielt hatte, trabte er wieder bis gegen Abend im Walde umher, wälzte aber zu Hänschens großem Verdrusse stets den bösen Stein vor die Öffnung der Höhle. – Nach und nach war Hänschen nun immer stärker und größer geworden, wozu der Genuß der kräftigen Bärenmilch wahrlich nicht wenig beigetragen hatte; und je stärker und größer er ward, desto verdrießlicher ward ihm der große Stein, der ihm den Weg zu dem schönen, grünen Wald versperrte; und als eines Morgens der alte Bär wie gewöhnlich waldeinwärts getrabt war, um sich eine süße Portion Honig oder ein fettes Häschen zur Frühkost zu suchen, da setzte Hänschen mit aller seiner Macht den Rücken gegen den Stein, brachte ihn aber trotz seines Stampfens und Keichens nur ein kleines von der Stelle; und als nun der alte Bär nach Hause kam und es gewahrte, daß der Stein verschoben war, da sah er Hänschen gar grimmig an und legte nur noch mehr Steine vor die Tür, als er das nächste Mal die Höhle verließ. So mußte Hänschen sich denn fürs erste in Geduld fassen; denn teils reichten seine Kräfte noch nicht hin, die Steine gänzlich von der Öffnung hinwegzuschieben, teils fürchtete er sich gar sehr vor dem Zorne des Bären, wenn dieser sähe, daß Hänschen trotz aller seiner Pflege einen zweiten Versuch zum Entfliehen machte. Als er aber endlich merkte, daß er groß und stark genug sei, um die Steine alle hinwegstoßen zu können, da hielt er's nicht länger aus: mit aller Macht stemmte er sich, als der Bär seine gewöhnliche Nachmittagsreise angetreten hatte, wieder einmal gegen die Steine – – und wer beschreibt die Freude! Knicks, knacks! ging es, und rechts und links fielen und brachen die großen Steine auseinander. Da stand er nun in Gottes freier Natur, in die er sich so lange hinausgesehnt hatte, und um ihn rauschten die hohen, grünen Bäume, und über ihm sangen die muntern Waldvögelein ihre hellen Lieder, daß ihm wohl gar froh und leicht ums Herz gewesen wäre, wenn er sich nicht gefürchtet hätte, der Bär möchte ihn wieder in die Höhle zurückbringen. Deshalb lief er, so schnell ihn die Füße nur tragen wollten, immer der Nase nach vorwärts, bis er endlich an eine Köhlerhütte kam. –

Indessen war es Abend geworden, und der Köhler ruhte mit seiner Frau schon aus nach der Arbeit des Tages; deshalb klopfte Hans, da er noch immer eine große Furcht vor dem Bären hatte, gar gewaltig an die Haustür, und als die guten Leute ihm endlich aufgemacht hatten und nach seinem Begehr fragten, bat er sie inständigst, ihn doch als Knecht in ihre Dienste zu nehmen, und erzählte ihnen seine ganze Geschichte, soweit er selber darum wußte. Der Köhler und seine Frau aber betrachteten ihn mit scharfen Augen und erkannten gar bald an einem schwarzen Wärzchen, das Hänschen an der linken Schulter hatte, daß der Schutzflehende niemand anders sei als ihr eignes Söhnlein, das sie vor vielen Jahren auf so wunderbare Weise verloren hatten. – Wer war vergnügter als Hans, daß er so unvermutet seine lieben Eltern wiedergefunden hatte! Wer war vergnügter als der Köhler und seine Frau, als sie so unvermutet ihren lieben Sohn wiederfanden, der noch dazu aus einem kleinen Hänschen jetzt ein großer Hans geworden war. –

Als er nun eine geraume Zeit bei ihnen verweilt und ihnen oft genug seine wunderbare Geschichte vorerzählt hatte, so sehnte er sich endlich in die Fremde und kündigte eines Tages seinen Eltern an, daß er große Lust hege, sich einmal auf die Wanderschaft zu begeben; und da diese nichts dawider hatten, so schnürte er eines Morgens sein Bündel und ging davon.

Da er sich nun genugsam im Lande umgetan hatte, so ward er des längern Wanderns müde; und als er einst einen großen, stattlichen Bauernhof sahe, so bedachte er sich nicht lange, sondern kehrte alsobald ein und bot dem Hofherrn seine Dienste an. Dieser aber, als er sahe, daß es ein großer und starker Bursche war, fragte ihn nach seinem Namen und nahm ihn als Knecht in sein Haus. Zu derselbigen Zeit waren die Früchte gereift in den Obstgärten; daher ward Hans am andern Morgen in den Garten geschickt, um seines Herrn Obstbäume zu schütteln. Als er aber sein Schütteln anfing, da brach er von den Bäumen die Zweige samt den Früchten herunter, und als sein Herr bald nachher in den Garten trat, um die Arbeit seines neuen Knechtes nachzusehen, da sprach Hans gar treuherzig zu ihm: »Herr, eure Obstbäume müssen wohl gar alt und spröde sein, denn da ich die Früchte schütteln wollte, brachen die Zweige mit herunter!« Der Herr aber gab ihm böse Worte, daß er ihm seine schönen Bäume verdorben habe; dann schickte er ihn in den Wald, um Holz zu fällen, und gab ihm eine blanke Axt mit auf den Weg. Hans aber warf die Axt beiseite und suchte sich eine starke eiserne Kette. Als er diese gefunden hatte, ging er, wie ihm befohlen war, in den Wald, befestigte bald an diesen, bald an jenen Baum seine Kette und riß so einen nach dem andern mit der Wurzel aus, bis gegen Abend sein Herr mit den andern Knechten zu Wagen angefahren kamen, um das gefällte Holz nach Hause zu holen. –

Als sie aber sahen, daß der halbe Wald mit der Wurzel aus der Erde gerissen sei, wollten sie schier nicht ihren Augen trauen und fragten einer um den andern: »So sprich uns doch, Hans, wer hat dir solche Leibeskraft gegeben, daß du an einem Tage schaffest, was unsrer zehen nicht in hundert Tagen zu tun vermöchten!« –

Hans, der bei aller seiner Stärke doch sehr gutherzig und gefällig von Natur war, befriedigte allen ihre Neugier und erzählte seine Geschichte der Wahrheit gemäß; dann lud er zwei der dicksten Eichbäume auf seine Schultern und ging gemächlich damit nach Hause. Die andern aber standen noch lange im Walde und suchten vergeblich die ausgerißnen Bäume auf ihre Karren und Wagen zu laden.

Bald ward die Geschichte weit und breit bekannt, und weil Hans von einem Bären gesäugt und gezogen und dadurch auch die Stärke eines Bären erhalten hatte, so ward er allenthalben nur Hans Bär genannt.

Den Hofherrn und seine Knechte war über eine so unmäßige Leibesstärke ein gewaltiges Fürchten angekommen, weshalb sie den starken Hans auf alle mögliche Weise loszuwerden suchten, was ihnen aber durchaus nicht gelingen wollte. – Da hielten sie heimlich einen bösen Rat und besprachen sich, wie sie den guten Hans Bär ums Leben bringen wollten, damit er ihnen durch seine Stärke nicht noch einmal groß Leids zufüge. –

Nachdem sie sich also beraten, trat eines Tags der Herr auf Hansen zu und sprach: »Siehe, meine Muhme hat mir vertrauet, daß ihr Vater in dem Brunnen auf meinem Hofe einen Schatz vergraben habe, und da durch die Hitze das Wasser ausgetrocknet ist, so steige du hinab und grabe danach, ob du ihn finden mögest!« Hans tat, wie ihm befohlen.

Kaum aber war er hinabgestiegen, so kam der Herr mit seinen andern Knechten und warfen Steine in den Brunnen hinab, indem sie glaubten, ihn so leichtiglich aus dem Wege zu räumen. Hans merkte nun freilich ihre böse Absicht gar wohl; da ihm ihre Steinwürfe aber keine Schmerzen verursachten, so ließ er sie ruhig gewähren. Doch als sie nach und nach wohl einige Hundert Steine hinabgeworfen hatten, da riß ihm endlich die Geduld. »So jagt mir doch die Hühner vom Brunnen«, rief er ihnen von unten zu, »daß sie mir nicht also den Sand in die Augen streuen, oder ich werde euch nie und nimmer den Schatz aus dem Brunnen herausgraben!«

Als der Herr und seine Knechte solche Reden hörten, erschraken sie sehr; nachdem sie sich aber etwas von ihrem Schrecken erholt hatten, wälzten sie einen großen Mühlenstein zum Brunnen und stürzten ihn hinab. – Nun glaubten sie doch sicher, sich den gefährlichen Hans Bär vom Leibe geschafft zu haben. Aber Hans Bär fing den Mühlstein auf und steckte seinen Kopf durch das Loch, daß ihm der Stein wie ein Kragen um den Hals hing, und als sie in den Brunnen hinabsahen, um sich seines Todes zu versichern, da rief er ihnen lachend zu: »Was, wollt ihr mich noch gar zum Pfaffen machen, daß ihr mir einen so gewaltigen Priesterkragen um den Hals hänget! Doch jetzt laßt's zu Ende sein mit der Narretei, und zieht mich heraus!« Und somit schleuderte er den Mühlstein aus dem Brunnen hervor, daß einer der bösen Knechte darunter begraben wurde. Die andern aber fürchteten sich heftig und zogen ihn alsobald heraus. Der Herr aber sahe, daß sie viel zu schwach seien, um einem so starken Manne das Leben zu nehmen, und bot ihm schweres Gold, wenn er sich wegen ihres bösen Willens nicht an ihnen rächen, sondern sein Bündel schnüren und das Haus verlassen wolle. – Und Hans, der sich noch weiter in der Welt umsehen wollte, nahm das Gold, schnürte sein Bündel und ging davon.

Als er nun einige Tage marschiert hatte, so hörte er weit und breit gar viel Geredes von der großen Schönheit der Königstochter; zugleich aber vernahm er, wie ein ungeschlachter Riese sie zu seinem Ehgemahl begehre und wie darüber der König, ihr Vater, gar sehr in Angst und Nöten sei, so daß er jedem, der den Riesen erlege, die Hälfte seines Reichs und seine Tochter zur Gemahlin versprochen habe.

Hans wurde immer neugieriger, die schöne Prinzessin zu sehen. Denn je näher er der Königsstadt kam, desto mehr hörte er von ihrer unvergleichlichen Schönheit und Herzensgüte reden. Endlich war die Stadt erreicht. –

Da saß die schöne Königstochter und schaute aus dem Erkerfenster ihres Schlosses und weinte gar bittere Tränen, daß ein so abscheulicher Riese sie als sein Ehgemahl hinwegführen sollte.

Hans war so von ihrem Anblick bezaubert, daß er sogleich bei sich beschloß, den Kampf mit dem Riesen zu bestehn, der schon drei schöne und tapfre Ritter erschlagen hatte, die um die Königsbraut mit ihm zu fechten wagten. Daher ging er alsobald zu einem Waffenschmidt und kaufte sich für das Gold, das er von seinem frühern Herrn empfangen hatte, einen schönen Helm, einen blanken Eisenrock, vor allen Dingen aber ein scharfes, starkes Schwert. So ausgerüstet, trat er vor den König und bat ihn um die Erlaubnis, mit dem Riesen zu kämpfen. Dieser aber gab ihm seinen Segen und versprach ihm seine Tochter und sein halbes Reich, falls er den Riesen erlegen sollte. Als Hans aber hinweggegangen war, da warf sich der gute König auf seine Knie und betete für seine Seele; denn er glaubte sicherlich, daß auch er, wie die andern drei, seinen Todesstreich empfangen würde.

Hans suchte indessen den Riesen auf, um ihn zum Zweikampf herauszufordern. Als der ihn kommen sahe, glaubte er wieder gar leichtes Spiel zu haben. Deshalb lehnte er sich gemächlich an einen Baumstamm und höhnte ihm entgegen: »Männlein, bist du vielleicht auch kommen, mir den Hals zu brechen, so versuche doch einmal, bevor du deinen schrecklichen Sarraß gegen mich ziehest, wie hoch du mein Schwertlein da von der Erde heben mögest!« Und somit schnallte er sich sein ungeheures Schlachtschwert von der Hüfte und warf es auf den Grund. Als der Riese solches tat, vermeinte er aber, daß Hans, wie die drei andern, es gar nicht vom Boden würde aufheben können. Hans aber hub mit einer Hand das furchtbare Schwert hoch über seinen Kopf und schleuderte es weit von sich weg, daß es bis an den Griff in die harte Erde hinabfuhr. – Da dachte der Riese bei sich selber: ›Der ist wohl noch stärker als du‹, und redete ihm zu und sprach: »Ich sehe nun gar wohl, daß ich dir Unrecht getan habe und daß du ein nicht gemeiner Kämpfer bist; deshalb laßt uns Frieden schließen miteinander; denn zwei so wackre Streiter sollten billig als Freunde auseinanderscheiden. Siehe, ich gebe dir soviel Gold und Goldeswert, als du nur immer auf drei Wagen hinwegzuführen vermagst. Du aber ziehe deine Wege, und laß mir die schöne Königstochter; denn ich liebe sie mehr als alles Gold und Edelsteine der Erde.«

Hans aber liebte die schöne Königstochter selber mehr denn alles Gold und Edelstein der Erde, ja mehr denn sein eignes Leben und hörte nicht darauf, was der Riese sprach, sondern zog alsobald sein Schwert, und der Riese mußte nun das seinige aus der Erde herausziehen, wohin Hans es soeben geschleudert hatte. Hu, wie da die Schwerter aneinanderschmetterten, daß die hellen Funken heraussprangen. Doch nicht lange, da trennte Hans mit einem gewaltigen Hiebe den Kopf des Riesen vom Rumpfe, daß von seinem schwarzen Blute rings die grüne Erde besprizt ward. Darauf nahm er das abgeschlagene Haupt des Riesen als Zeichen seines Sieges mit sich und ging wieder auf das Schloß des Königs, um ihm die frohe Botschaft von dem Tode seines Feindes zu melden und ihn an sein gegebnes Versprechen zu erinnern.

Als der König ihn so in sein Gemach treten sah, so ging er ihm entgegen und umarmte ihn und freute sich mit ihm seines Sieges. Dann sprach er zu ihm: »Komm mit mir, mein Sohn, daß ich dich zu der Prinzessin, meiner Tochter, führe und dir die Hälfte meines Reiches abtrete.« Und als sie nun zu der schönen Königstochter kamen, da freute auch sie sich über den Tod des bösen Riesen und über den schönen Mann, den ihr der König als künftigen Gemahl zuführte. Denn obgleich Hans Bär von großer Leibesstärke war, so war seine Schönheit doch nicht geringer denn seine Stärke. Daher freute sich die Prinzessin gar sehr eines so schönen Bräutigams und reichte ihm bald vor dem Altare Herz und Hand.

Kurz nachher starb der alte König, und nachdem sie ihn feierlich begraben und Hans nun auch die andre Hälfte des Reichs von seinem Schwiegervater ererbt hatte, fuhr er alsbald mit seiner Gemahlin nach seiner Heimat, um seine Eltern und Geschwister mit sich nach seiner Residenz zu nehmen.

Wie diese erstaunten, als die große goldne Kutsche vor die niedrige Tür der Köhlerhütte rollte und stillehielt, brauche ich dir wohl nicht erst zu beschreiben! Und als sie nun vollends in dem Könige ihren lieben Sohn Hans erkannten, der ihnen die schöne Prinzessin als ihre Schwiegertochter zuführte, da war gar des Staunens und der Freude kein Ende! Hans aber fuhr mit Eltern und Geschwistern und seinem ganzen Gefolge nach der Bärenhöhle, zu seiner alten Pflegemutter. Und als sie nun nicht mehr weit davon waren, da fingen sie alle an, sich zu fürchten, und baten den König umzukehren. Doch er beruhigte sie und ging, da sie alsbald bei der Höhle angekommen waren, ohne alle Begleitung hinein. – Doch wie erschrak er! – Da lag der gute Bär gar kümmerlich auf seinem Lager hingestreckt und wollte sterben. Denn da er so krank und schwach war, daß er sich selbst keine Speise mehr aus dem Walde holen konnte, so wäre er beinahe den Hungertod gestorben, wenn König Hans nicht noch zur rechten Zeit darüber zugekommen wäre.

Als der Bär seinen Pflegesohn erkannte, wollte er sich aufrichten, um ihm entgegenzukriechen; doch seine Kräfte versagten ihm, und er fiel wieder auf sein Lager zurück. Hans aber rief seinen Dienern zu, ihm Speise und Trank zu bringen; dann setzte er sich zu seinem Bären auf die Streu und streichelte ihn mit seinen Händen und pflegte ihn auf alle Weise. – Und der Bär leckte mit seiner rauhen Zunge die Hände des Königs und sahe ihn gar freundlich an, als wollte er sagen: ›So kommst du doch endlich noch, um mir den letzten Dienst zu erweisen, und ich habe dich doch nicht umsonst gesäugt und gepflegt.‹ –

Nach und nach waren alle in die Höhle getreten, und die Königin legte den Kopf des alten Bären auf ihren Schoß, indem sie ihn mit ihren schönen Händen streichelte und sich, wie ihr Gemahl, auf alle mögliche Weise um ihn beschäftigte.

Doch alles umsonst! Der gute Bär war zu alt und zu schwach, um noch länger leben zu können. – Nachdem er noch einen dankbaren Blick auf den König und seine schöne Gemahlin geworfen hatte, streckte er seine Glieder aus und verschied. Der König aber weinte um seine alte Pflegemutter, und alle waren gar sehr betrübt über den Tod des guten Tieres und standen noch lange an seinem Lager.

Dann begruben sie ihn unter dem Stamm einer alten Eiche und fuhren alle nach der Königsstadt zurück, wo Hans Bär, der König, noch viele Jahre mit seiner schönen Gemahlin glücklich und in Frieden regierte.

Biographie

1817 *14. September:* Theodor Storm wird in Husum als Sohn des Advokaten Johann Casimir Storm und seiner Frau Lucie, geb. Woldsen, geboren.

1826 Eintritt in die Husumer Gelehrtenschule.

1833 Das erste, an seine Jugendliebe gerichtete Gedicht Storms entsteht: »An Emma«.

1834 Im Husumer Wochenblatt wird mit »Sängers Abendlied« erstmals ein Gedicht von Storm veröffentlicht.

1835 Storm tritt in das Katharineum in Lübeck ein. Lektüre von Heines »Buch der Lieder«, Werken von Goethe und Eichendorff.

1836 Bekanntschaft mit der neunjährigen Bertha von Buchan.

1837 Storm immatrikuliert sich an der Universität Kiel zum Jurastudium. Verlobung mit Emma Kühl. Storm schreibt Gedichte für Bertha.

1838 Auflösung der Verlobung mit Emma. Wechsel an die Universität Berlin. Reise nach Dresden. Veröffentlichung kleinerer Werke in verschiedenen Zeitschriften.

1839 Rückkehr nach Kiel. Beginn der Freundschaft mit Theodor und Tyche Mommsen.

1842 Storms Heiratsantrag an Bertha von Buchan wird zurückgewiesen. Zusammen mit Theodor und Tyche Mommsen sammelt Storm Märchen und Sagen aus Schleswig Holstein. Er legt in Kiel das Staatsexamen ab. *Herbst:* Storm kehrt nach Husum zurück.

1843	In Husum arbeitet Storm als Anwalt in der Kanzlei seines Vaters.
	Storm gründet einen Gesangsverein.
	»Liederbuch dreier Freunde« (Gedichte, mit Theodor und Tyche Mommsen).
1844	Verlobung mit der Cousine Constanze Esmarch.
1846	Heirat mit Constanze Esmarch.
1847	Liebesbeziehung zu Dorothea Jensen.
	Storm schreibt eine Reihe von Liebesgedichten.
1848	Geburt des Sohnes Hans.
1850	Beginn der Korrespondenz mit Eduard Mörike.
1851	Geburt des Sohnes Ernst.
	»Sommer-Geschichten und Lieder« (Novellen und Gedichte), darin u.a. die 1849 entstandene Novelle »Immensee«, die zu Storms Lebzeiten erfolgreichste seiner Novellen, und »Der kleine Häwelmann«.
1852	Aus politischen Gründen kann Storm nicht mehr als Anwalt arbeiten und bemüht sich um verschiedene Anstellungen als Richter und im preußischen Justizdienst.
	Reise nach Berlin.
	»Gedichte«.
1853	Geburt des Sohnes Karl.
	Übersiedlung nach Potsdam, wo Storm preußischer Gerichtssassessor wird.
	Bekanntschaft mit den Mitgliedern der literarischen Vereine »Tunnel über der Spree« und »Rütli«, darunter mit Theodor Fontane, Franz Kugler und Adolph Menzel.
	Beginn des Briefwechsels mit Paul Heyse (bis 1888).
1854	Bekanntschaft mit Joseph von Eichendorff.
	»Im Sonnenschein« (Novellen).
1855	Geburt der Tochter Lisbeth.
	Reise nach Süddeutschland, Besuch bei Mörike in Stuttgart.

»Ein grünes Blatt« (Novellen).

1856   Storm zieht nach Heiligenstadt im Eichsfeld um, wo er zum Kreisrichter ernannt wurde.

»Gedichte« (2. vermehrte Auflage).

1857   »Hinzelmeier« (Novelle).

1858   »Gedichte« (3. Auflage).

1860   Geburt der Tochter Lucie.

»In der Sommer-Mondnacht« (Novellen).

1861   »Drei Novellen«.

1863   Geburt der Tochter Elsabe.

»Im Schloß« (Novelle).

»Auf der Universität« (Novelle; 1865 unter dem Titel »Lenore« wiederveröffentlicht).

1864   Storm wird nach dem deutsch-dänischen Krieg zum Landvogt von Husum gewählt und kehrt dorthin zurück.

»Gedichte« (4. vermehrte Auflage).

1865   Geburt der Tochter Gertrud. Tod Constanzes.

Auf Einladung von Iwan Turgenjew Reise nach Baden Baden.

»Zwei Weihnachtsidyllen« (Novellen).

1866   Heirat mit Dorothea Jensen.

»Drei Märchen« (1873 wiederveröffentlicht unter dem Titel »Geschichten aus der Tonne«).

1867   »Von Jenseit des Meeres« (Novelle).

1868   Geburt der Tochter Friederike.

Storm wird zum Amtsrichter ernannt.

»In St. Jürgen« (Novelle).

»Novellen«.

»Sämtliche Schriften« (19 Bände, 1868–89).

1872   Reise nach Salzburg und München, wo er Paul Heyse trifft.

1873   »Zerstreute Kapitel« (Novellen und Gedichte).

1874   Storm wird zum Oberamtsrichter ernannt.

»Novellen und Gedenkblätter«.

1875	»Waldwinkel. Pole Poppenspäler« (Novellen).
	»Ein stiller Musikant. Psyche. Im Nachbarhause links« (Novellen).
1876	Reise nach Würzburg.
1877	»Aquis submersus« (Novelle).
	Beginn des Briefwechsels mit Gottfried Keller.
1878	Aufenthalt in Varel.
	»Carsten Curator« (Novelle).
	»Neue Novellen«.
1879	Storm wird Amtsgerichtsrat.
1880	Pensionierung Storms.
	Umsiedlung nach Hademarschen.
	»Zur ›Wald- und Wasserfreude‹«.
	»Drei neue Novellen«.
	»Eckenhof. Im Brauerhause« (Novellen).
1881	»Der Herr Etatsrath. Die Söhne des Senators« (Novellen).
1883	»Hans und Heinz Kirch« (Novelle).
	»Zwei Novellen«.
1884	»Zur Chronik von Grieshuus« (Novelle).
1885	»John Riew'. Ein Fest auf Haderslevhuus« (Novellen).
	»Gedichte« (Neue, vermehrte Auflage).
1886	Aufenthalt in Weimar.
	Oktober: Schwere Krankheit.
	Dezember: Tod des Sohnes Hans.
1887	Reise nach Sylt.
	»Bei kleinen Leuten« (Novellen).
	»Ein Doppelgänger« (Novelle).
	»Bötjer Basch« (Novelle).
1888	*Januar:* Letzter Aufenthalt in Husum.
	Februar: Fertigstellung des »Schimmelreiters«.
	April/Mai: »Der Schimmelreiter« erscheint in der »Deutschen Rundschau« (Buchausgabe im gleichen Jahr).

»Ein Bekenntniß« (Novelle).
»Es waren zwei Königskinder« (Novelle).
4. Juli: Tod Storms in Hademarschen.

Erzählungen der Frühromantik

1799 schreibt Novalis seinen Heinrich von Ofterdingen und schafft mit der blauen Blume, nach der der Jüngling sich sehnt, das Symbol einer der wirkungsmächtigsten Epochen unseres Kulturkreises. Ricarda Huch wird dazu viel später bemerken: »Die blaue Blume ist aber das, was jeder sucht, ohne es selbst zu wissen, nenne man es nun Gott, Ewigkeit oder Liebe.«

Tieck Peter Lebrecht **Günderrode** Geschichte eines Braminen **Novalis** Heinrich von Ofterdingen **Schlegel** Lucinde **Jean Paul** Des Luftschiffers Giannozzo Seebuch **Novalis** Die Lehrlinge zu Sais
ISBN 978-3-8430-1878-4, 416 Seiten, 29,80 €

Erzählungen der Hochromantik

Zwischen 1804 und 1815 ist Heidelberg das intellektuelle Zentrum einer Bewegung, die sich von dort aus in der Welt verbreitet. Individuelles Erleben von Idylle und Harmonie, die Innerlichkeit der Seele sind die zentralen Themen der Hochromantik als Gegenbewegung zur von der Antike inspirierten Klassik und der vernunftgetriebenen Aufklärung.

Chamisso Adelberts Fabel **Jean Paul** Des Feldpredigers Schmelzle Reise nach Flätz **Brentano** Aus der Chronika eines fahrenden Schülers **Motte Fouqué** Undine **Arnim** Isabella von Ägypten **Chamisso** Peter Schlemihls wundersame Geschichte **Hoffmann** Der Sandmann **Hoffmann** Der goldne Topf
ISBN 978-3-8430-1879-1, 408 Seiten, 29,80 €

Erzählungen der Spätromantik

Im nach dem Wiener Kongress neugeordneten Europa entsteht seit 1815 große Literatur der Sehnsucht und der Melancholie. Die Schattenseiten der menschlichen Seele, Leidenschaft und die Hinwendung zum Religiösen sind die Themen der Spätromantik.

Brentano Die drei Nüsse **Brentano** Geschichte vom braven Kasperl und dem schönen Annerl **Hoffmann** Das steinerne Herz **Eichendorff** Das Marmorbild **Arnim** Die Majoratsherren **Hoffmann** Das Fräulein von Scuderi **Tieck** Die Gemälde **Hauff** Phantasien im Bremer Ratskeller **Hauff** Jud Süss **Eichendorff** Viel Lärmen um Nichts **Eichendorff** Die Glücksritter
ISBN 978-3-8430-1880-7, 440 Seiten, 29,80 €

Erzählungen aus dem Biedermeier

Biedermeier - das klingt in heutigen Ohren nach lang-weiligem Spießertum, nach geschmacklosen rosa Teetäs-schen in Wohnzimmern, die aussehen wie Puppenstuben und in denen es irgendwie nach »Omma« riecht.

Zu Recht. Aber nicht nur.

Biedermeier ist auch die Zeit einer zarten Literatur der Flucht ins Idyll, des Rückzuges ins private Glück und der Tugenden. Die Menschen im Europa nach Napoleon hatten die Nase voll von großen neuen Ideen, das auf-strebende Bürgertum forderte und entwickelte eine eige-ne Kunst und Kultur für sich, die unabhängig von feu-daler Großmannssucht bestehen sollte.

Georg Büchner Lenz **Karl Gutzkow** Wally, die Zweifle-rin **Annette von Droste-Hülshoff** Die Judenbuche **Friedrich Hebbel** Matteo **Jeremias Gotthelf** Elsi, die seltsame Magd **Georg Weerth** Fragment eines Romans **Franz Grillparzer** Der arme Spielmann **Eduard Mörike** Mozart auf der Reise nach Prag **Berthold Auerbach** Der Viereckig oder die amerikanische Kiste

ISBN 978-3-8430-1884-5, 444 Seiten, 29,80 €

Erzählungen aus dem Biedermeier II

Annette von Droste-Hülshoff Ledwina **Franz Grillpar-zer** Das Kloster bei Sendomir **Friedrich Hebbel** Schnock **Eduard Mörike** Der Schatz **Georg Weerth** Leben und Taten des berühmten Ritters Schnapphahnski **Jeremias Gotthelf** Das Erdbeerimareili **Berthold Auerbach** Lucifer

ISBN 978-3-8430-1885-2, 440 Seiten, 29,80 €

Erzählungen aus dem Biedermeier III

Eduard Mörike Lucie Gelmeroth **Annette von Droste-Hülshoff** Westfälische Schilderungen **Annette von Droste-Hülshoff** Bei uns zulande auf dem Lande **Bert-hold Auerbach** Brosi und Moni **Jeremias Gotthelf** Die schwarze Spinne **Friedrich Hebbel** Anna **Friedrich Hebbel** Die Kuh **Jeremias Gotthelf** Barthli der Korber **Berthold Auerbach** Barfüßele

ISBN 978-3-8430-1886-9, 452 Seiten, 29,80 €